静かな春

長嶺キミ詩集

コールサック社

詩集　静かな春　目次

Ⅰ

Ⅱ

Ⅲ

詩集

静かな春

長嶺キミ

I

ふるさと

その
玄関に立つと
格子戸のガラスのむこうに
影が映る

山があり水がある
広がる田園と赤い彼岸花と
だれもが見てきた
この地の
ふるさとの中に立つ影が映る

父は第二次世界大戦のとき
比島《フィリピン》で戦死したとされている
遺骨はない
小さな木の御位牌を埋めて墓とした
享年三十三

母は
それから三人の子を育て
苦労などは言葉にしないで
不都合は全て時代や
年齢のせいだと括り
九十七歳の夕刻には
旅立った

夫は
「描く時間を　なくしてしまってわるいな」と
通院の為の運転手を務める私に
助手席でつぶやく
そして入院
「くたびれるから　明日は来なくていいよ」と
退室する背中にむかって声がかかる
どっちが病人かわからない言葉を残して
翌日の明け方に逝ってしまった

遺影の中にみる
ふるさと

ふるさとは
そこに在る

男

ひとむかし前までは
日本にも
あんな男がいた

骨は太いけれど
痩身で
耳目の澄んだ
父の姿で
きちんと立って動かない

息子や娘たちが
自分の仕事の躓きや
暮らし向きに
右往左往したり
議論をしたり
一歩ふみだせないでいるときでも
「早くせよ」と
子供らの後に廻って囁いたり
「ちょっと待ってやって下さい」
などと
客の前にはでてもこない

彼らのあわてぶりを
うしろ目で追いながら
客とともに静かに待つ

軽く握ったこぶしを
まっすぐにおろし
すくっと立って
動かない

こんな男が
日本にも
数限りなく
いたことがあった

慈母観音

そこに
すっくと立つお姿は　母か
その足元を支える蓮台は　父か

あの日から　百ヶ日が過ぎて
ゆるい坂道を登り続けている
あなたの姿がみえる
いま　あなたは
青年教師になった頃の坂にいるのだろうか
詰襟の学生服のままで　任地にむかい

子供たちから
兄貴のように慕われたという
その先の　坂を越える頃には
あなたは　高校生ぐらいになるのだろうか

在世で送ってくださった
八十四歳になる同級生達や縁者たちの
あのときの　読経にはげまされて
振り向くこともなく
ゆっくり　ゆっくり　ゆっくり
にこやかに登ってゆく

だんだん　だんだん幼くなって
若い父や母が　あのときのままで
待っていてくれるにちがいない頂上へ

あなたは　むかっている
逝った
あの日を佳き日と決めて
父と母は待っていてくれる
荒れた手だったけれど
器用でやさしかった　母の手が
あなたを救いあげて
あの柔らかな胸の中に
全部　包み込んでくださる
八十四年の間「いつもよくやった」と
しっかりと抱きしめてくださる

小学生の孫が
仕事から帰宅した母に抱きしめられ
甘えるように

あなたも
慈母の胎にもどって
甘えたらいい
裸になって
赤子のように

線香の
やわらかい煙のゆきつくところで

亡夫・敏　令和元年九月二十七日　永眠

また会えるよ

平成二十四年八月二十一日十六時二十四分
母は逝ってしまった
自宅に帰る母に付き添って車に乗る

もうすぐ黄金色に染まる稲穂の
向こうの西の山々は
夕闇の影を濃くしている
燃えつづけた
太陽が
炎のすべてを内に秘めたその姿を

大きな赤い円に描いて
刻々と落ちてゆく

いまは黙しているけれど
いまは西に沈むけれど

また会えるよ
きっとまた会えるよ　と
それは風だったり
それは水だったり
大地だったり
だれかの耳や手や背中だったりしてね

母の思い出

ひとつ
ふたつ
みっつ
ようっつ
と、
指の細い手で
わたしのからだを湯船に沈めながら
母はゆっくりと数えた

その声を

少し早目になぞりながら
とおと同時に飛び上がる
それを母はタオルの上から
私の肩をすっぽりとつつんで
「おまけのダルマサン……またひとぅつ」と
数え続ける

今
終《しま》い湯につかって
ゆっくりと母に倣って数えてみる
十《とお》わたしの肩を
母の手が押さえる
昨夜の風呂も
旅先での湯舟でも
膝のリュウマチを思いながら
母と一緒に、おまけまで数える

母の思い出　Ⅱ

ほんとうに気分が悪くて
ほんとうに頭が痛くて

草やらの近道を通って
医院の待合室にすべりこむ
クレゾールの匂いのするたたみ
ガラスの向こうの薬瓶
木陰をわたる風
掛け時計の音

ミルク味の母の膝まくらにしがみついて
寝そべっていると

診察室の老先生の前に
連れられていく頃には
もう
治っていた

母を讃《たた》う

父が比島《フィリピン》で戦死したのは三十三歳のとき
母は　二十八歳であったと
　父の遺骨が戻ってきたわけではない
　身につけていたものも
　何ひとつ帰ってきたわけではない
母の胸に抱かれたのは
小さな白木の位牌のみであったと云う
　仏壇の花がきれることはなかったけれど
　仏壇の前に座して
涙《なみだ》している母を見たことはない

墓石はあるけれど
そこに父は居なくて
畑に居たり
麹をふかす湯気の中に居たりして
仕事をしている母の後ろに
いつも　父は居たと云う

帰ってこない父と
母は　何を話していたのだろうか
過去の事だろうか
それとも先々の事だろうか
九十五歳になった母は
自分のことしかできなくなったと
嘆いているが

孫やひ孫の喜びを共に喜び

お世話になった人への礼は
義理堅く口にしたが
余計なことは決して話さず
隣家の屋根が新しくなったことなどを
喜んだりしている

帰らぬ父も母と一緒に
歳を重ねているなら
今年は九十九歳になる
老いた母は孫やひ孫のことを
父に語りかけているのだろう
今日も

杜の春

この春
何回めかの強い陽が　やや西に在る
注連縄を腰に結んだ
太い樹々が　色を放つ
むこう一面に
イヌノフグリが咲き
水蒸気がゆれた
愛犬のメイは尻尾を水平にして
尖った鼻で地面をつ突きながら
足早に進む

「ピチッ」
細い枝と枝が交叉する
天井からの声
メイは背骨を固定し
振り仰ぎながら待つ
奥から澄んだ「ピチッ」
呼応するいくつもの短い「ピチッ」
「ピチッ」「ピチッ」
藤の実の　はじける
小さい音が
杜中に冴える

冬の冷気をからだ中に貯めて
タクトの先を見続けていた種子は
温んだ林の透き間をめがけて

突込んでぃく
小鳥が睦み合っておちるように
祠に通じる朽ち葉の湿った道に
白い腹を伏せて
莢殻が散る

メイよ
この道に入ってきたのは
小動物ばかりを追いかけていた
近頃のおまえにしては上出来だ

「ピチッ」
種子は飛び
殻が
はらはらと降る

春が来る

枯葉を積んだ地面が
温んでくる
水音が高くなると
岸辺の柳は
猫毛を銀色に光らせはじめる
野ばらは
実を解かぬまま赤い芽を育てている
やがて、雪を着た
遠い山々の風景は紫に
そして萌黄へと

移り変わって行く

春が来る
春が来る

春の雨を抱えきれずにいる
中空の白い太陽が寒い
水量の増す宮川の土手を
春色の冷たい風のなかを
わたしは愛犬のメイと歩く

啓蟄

雪解けあふれる岸辺を
メイと歩く

目で追う
忙しげな足が宙に浮く
鼻が上をむいた

見たぞ

藪の中に動くその一瞬を
「あれが春か」
北東に垂れこめる
ぶ厚いカーテンを引き上げる春か
樹々の枝々に
紫色のエアーブラシをかける春か

メイと私

人に比べるなら
犬は一年で四つも歳をとるという
メイ　そうなら
おまえはもうわたしと
同じ六十歳だ

あのぴんと張っていた背骨は
弓なりになり
その分だけ腹が下がっている
毎年、生え換わっていた毛並みも

何度も洗濯したシャツのように
色褪せている

畑に降り立つカラスの奴を
風よりも早く追ったのは
よほど前のことだ
おまえのいることを知りながら
悠然と畑に降りる
奴の姿が見えないか
そうだ
おまえの眼脂をとってやろう
それでも見えないか
カラスの奴は葉っぱの向こう側
あの鋭かった耳に
奴の羽ばたく音は

聞こえないか

ぬれた鼻先を空に向け
気配を嗅ぐ
臭覚だけがカラスの奴を
突きとめる
そのとき、カラスの奴は
身体をひねって
ふわりと、飛び立ってゆく

メイよ
あの日のように
おまえは奴を追って
身体のなかが熱くなる
まだまだ

風のように走れると
思いこむ
そして耳を澄ます

メイがゆく

夕方の重い露を避けて
野の草の根もとにねむる
晩秋のとんぼを起こして
メイがゆく

遠い夕日にキラキラと光る
無数のとんぼの羽根のなかを
白い穂先の草を分けて
メイがゆく

誰かと約束でもしたかのように
急ぎ足でメイが
ゆるい坂道を下ってゆく

淡く輝く夕日が
夕闇の山に
隠れるまでには
まだ　いくばくかの
時間はあるはず

だから
メイよ
もう少しゆっくりと

いつもの

二股の道では
立ち止まって
わたしの合図を待て

メイよ

メイが逝って

車が停まる
ドアの開閉の音
我が家への訪問客と
気がつく前に
メイの
咳払いをするような
短い声に
玄関に向かう

〝ピンポーン〟

するとメイは
短い尾をはげしく振って
身体をくねらせて飛び出してくる
ときには、立ちあがったり
その場を一歩も動かずに
吠えたてたりもして

訪れてきた客人は
桃の箱を抱えて
引き戸を細めに開け
我が家の沈黙に

「もう　五ケ月になるね」
と、声をかけた

訪問客を舐めまわるメイを
制したり
挨拶をしたり
メイの様子に笑ったりの
慌ただしさのなくなった
上がりかまちに
客人と座る

いつも、短い時間で
話を終えて帰る客を
メイは座って見送る
その姿はもうここにはいない
あの「マタキテネ」という
メイのやさしい眼差しはない

椅子

まるい空気に混じって
細く流れる風は初秋

消されたテレビ
灯のない居間
窓から覗く狭い空の
暮れゆく光のなかに
背中を見せて佇む

ローズマダーのゑのぐに

白が一滴
落ちてしまったようなくすみ
地に足はついていても
膝のあたりがゆらぐ

三十年来の
ふたつの椅子
聞こえなくていい言葉や
読んでほしい手紙を置くのに
ちょうどいい距離と
角度をたもってならぶ

　この居間には
　他にも椅子がある
　夏の日

娘とその夫が
歩きたがる息子を連れて
座った向い側の椅子
昨日の
きっちり二服の
お茶を飲んで
立ち去った
訪問者が座った
こちら側の椅子

いつものように
椅子に座って新聞を読む
外で鍵穴を探す
小さなライトの光が動いて
玄関を開ける大きな音

それに続く声と道の匂い
ふたりの椅子が埋まる

ある日

針葉樹の枝が大きく揺れて
争うような鋭い声
三羽のカラスが
かたまりになって飛びあがった

先をゆくカラスは
何かを盗んで逃げてゆくのか
追いかける二羽も必死だが
なかなか
追いつけそうで追いつけない

追いかけていたうちの一羽が
中空で急旋回して
針葉樹にもどってくる
ほどなく、残りの一羽ももどってくる
逃げて行った一羽の
カラスの飛影が西の空に
小さくなって見える
巣づくりの季節のカラスは
いつになく戦闘的だ
テリトリーの争いなのか
逃げて行ったカラスは
追われていったのだろうか
知るよしもないが
生きることの
物語がここにもある

Ⅱ

静かな春

折り損なった
白い折り紙が
部屋に散らばっている

モノクロームのぐちゃぐちゃの
冬の月は
雪雲の天上にあって
間違えてしまった折り線を隠し
奥底の皺を隠し
虚しさまでも隠して

縮みこんでいる
遠い太陽のひかりを反射して
古墳のなかの銅の鏡のように
うっすらと白銀色の
その形を見せている
今
月は雪空のなかの
小さな窓
窓の向こうは見えないが
カーテンのような
雪雲が消え
暖かく澄んだ空に会えるかもしれない
月よ
わたしの空の白い月よ
ときには窓を開けて風を入れよう

冷たく縮み込んだ記憶を棄てて
移ろう季節に
その身を任せてみよう
静かな春が
きっと
来るから

野の花

芽生えのときを
誰も気付いていなかったけれど
あの季節に
ギザギザの葉を広げ
小さな固い蕾をいくつも抱えて
あの地にあって
葉の輝きも
刺の向きも
そして小さな花の色も
空に調和し

風とともにあった

けれど、いま
この地にゆき場のない種を
銀色の綿毛に包んで立っている

都会には合うとか
合わないとか
その種は煎じ薬になるとか
ならないとか
通称、バカとよばれるのが
この草であるとか
そんなことはどうでもいい

種は嫌われても

やせ細っても
根っこだけになったらいい
根っこだけがあれば
めぐりくる季節に
また芽吹きはある
野の花よ
それが運命なら
それを生きよ

雨水の候

堅雪を渡って歩く子供たちの声が
春を呼びます
格別に強かった
今朝の冷え込みにも負けず
枝々の小さな芽は
透明にかがやいています

幾重にも降り積った雪は
大地と
陽と
語り合って

深く眠っている種子や根っ子に
水を届けるよう　決めました
今日、
この日から

水分を含んだ
大地が広がり
陽が誘います

雪は
汚れた顔も拭かずに
小さな水音を残して
静かに消えてゆきます

若い芽を信じて

野火

春の夕暮れ
央天にさしかかった
白い月に向かって
野焼きの炎は燃え上がる
まるで産婆のかけ声のように

枯れ葦をくぐり
茨を渡り
青かった葉や
赤かった実を
掻き抱きながら

炎は
ぐおんぐおんと中空に消える
火のなかにいるものは何か
それは見えない
だが、そのあとに
生まれてくるものの力を想う

白い月は
燃え盛る野火が
土深く眠る春を
怒鳴るように
ゆり起こしているのを見ている
新しいものが生れてくるために
季節が焚く
これは業火なのか

春彼岸

開け放された窓の外は
人はだの色
樹々の蕾も
合掌のかたちのまま
紫色に染まっている
部屋の中央の電燈を背にした
少年のシルエット
その静謐のなかで
春彼岸の朝ははじまる

昼近く
土のついた蕪や葱を携えたり
外国産の果実の籠をさげたりして
叔母たちがやってきた

仏間に線香の薄い煙が立ち
御輪の余韻がひびいて
父や母とのにぎやかな会話の音
ひときわ、弾んだ祖母の声
「しばらくぶりに
みんなそろったんだもの
一晩泊っていかっせ」

油揚げを煮ふくめる
甘じょっぱい匂いと一緒に

従兄弟たちの短い挨拶が
階段を駆け上がってくる
亡くなったひとたちのことを
語り合いながら
春彼岸の夜はふける

たんぽぽの花

咲くのが
遅すぎたのか
早すぎたのか
ここが
道に沿っているのか
崖っ淵なのか
あるいは
たんぽぽ畑のような草原なのか
黒いほどの濃い霧で
音を失い

色をなくした
たんぽぽの花が
顎を上げ奥歯を噛んで
靉光《あいみつ》の自画像のように
立っている

いく刻が過ぎたのだろう
あゝ　幾刻が過ぎたのだろう

花びらのひとつひとつに
宿った雫が
茎を伝って地面に帰る
からだの中を下ってゆく水滴の
わずかな温度と量のちがいで、
降る霧

晴れていく霧
霧は確かに
わたしのなかで動いている

いつか、音楽とライトを伴って
舞台の幕が上がるように
霧が晴れて　太陽が戻る
季節の終りに
定められた場所で
背丈が足りなければそれでもいいと
咲き急ぐたんぽぽの花
鬘光の自画像のように
立っている

じゃがいもの花

今日の陽のぬくもりがさめやらぬ大地
そよとした緑色の夕風
しゃんと
まっすぐに伸びた太い茎に
幾十もの花房をつけて
ランプのように光る白い花
花々の黄色い芯が
夕闇を照らしている

大地の片隅をかりて

じゃがいもは暮らしている
花が咲き　子が授かり
その子にわが身を削って
栄養を与えて育てる
子の生きる環境が調ったとき
じゃがいもは
我が身の葉と茎を大地に返す
最後の一葉を大地に返す

じゃがいもの花は
わたしのなかに咲く
白いランプは
足もとを照らしている
子の無事を祈る声明が
大地からわたしにひびいてくる

大根の花

緑濃く揺れる葉の
太く　すらりと伸びた
畑の大根
その白い肌は輝いている

晩夏のころ
畑地の小さな窪みに
三粒まかれた大根の種
どれもが芽吹き
兄弟のように育っていった

本葉が出始めたころ
一本が間引きされて食された
残った二本は仲良く育ち
大きくなったが
そのうちまた一本は
引き抜かれて食されてしまった

一本になった大根
喜んで大きくなったのだろうか
さびしくて大きくなったのだろうか
秋風で冷たくなった畑で
白い肌を地上に伸ばして
太く大きく育っている

草むらを見ると

小さな大根が白紫の花を付けている
痩せた地の草むらのなかに
まちがえて落とされた
大根の種なのだろう
背丈も低く、色も青い
それでも花をつけている
その花が実をつけるころ
あの太く大きな畑の大根は
食されて　もうない

鶏頭

耳鳴りのような
耳朶の奥の
言葉と対話しながら
ここまできたが
あれは何かの啓示だったのでしょうか
いま、わたしのなかには
白内障を病んだのか
白い膜で小さな目を包んだ
にわとりが立っている

もう来ることはないだろうと
予測しながらも
ふいに向かってきて
通り過ぎていった何かが
すれ違いざまに見せる
量感や色や匂い
一瞬だからこそ
刻印されて残る
その記憶を、
私はいとおしむ

記憶が金網のようなものなら
わたしのなかのにわとりは
そこを出ようとして
指をつぼめて足を高く上げる

そして、ぐるぐると
そのなかを回る
踏み出すとき
にわとりは鶏頭の花になる
霜の降った庭に
鶏頭の花は種を落として
鶏冠のような色を残したまま
首を折る

＊けいとうの花の絵は「師　佐藤辰治」の遺作となった

七夕

大きな青竹に
くす玉や五色のテープ
豆電球のネオンや吹き流し
それに宝船や鯛なども飾られて
商店街の七夕祭りがはじまった

そこは夏の宵闇
濃紺の山脈の上は満天の星空
橋の上に立てば涼しい風が
頰にあたる

なんとなく人を信じたくなるような
ほの暗い明るさ

未来を語る人がいて
いつも一緒にいたいと思い
寄り添って橋を渡った
そして星屑の流れる河に
織姫と彦星の伝説のように
二人だけの伝説を懸けた

小さな町の
七夕の祭りの夜

せみ

蒸し暑い空気が
夜露に冷やされて地に帰る
東の空のひとすじの雲が
光を呼び込もうと準備をはじめた
午前三時半
蟬は地上に出て羽化をはじめる

行く先が決められているというのか
固く目を閉じた殻のまま
青い草やらを飛び越して

わさわさと地を這い
木に登り
葉に縋る

そこで殻を脱ぎ
七日間の命を精いっぱいに
生きようと
力強く全身で鳴く
朝の空気はその声に
震えるように緊迫する

私と老犬も
その声に思わず立ち止まる
蟬の声は小さな町の
川辺の道のしじまを破る

そしてすべての生命を
目覚めさせる

風が生まれる

昨日の暖かい空気を
吸った地面に
今朝の雨でできた小さな水溜まり
夕暮れの冷え込みが
水溜りに薄いゼラチンのような
氷を張って細い月を映す

地面からの
ほのかに暖かい空気に包まれて
月は水溜りを抜けて

暗夜に
白い一筋を引いて
天にのぼった

風が生まれたのです

生まれたての小さな風は
耳や目を通り抜けて
幼児を抱く母の
冷え込んだ手足を撫でさすり
アスファルトの道に
へたりこんでいる若者の
背中を押し
長い髪を吹き流す

風はたくさんの風になって
重たいものを
少し前に動かしながら
通りすぎてゆく
風は走りながら風を呼び
幾重もの大きな風になって
地球を一巡りして
きっと
何かいいものを連れて
戻ってくる　と
鳥たちが
そんな噂を高音で話しています

風花

機械の整然とした跡の残る
田んぼの一角に
秋雨をためた
人の足跡がある
冬の空を映した
小さな水溜まりは
密やかに波立つ
その波に
淡い冬の陽が射した
一瞬の刻に

風は
天上へ帰っていった

いつ、どこから来たとも知れない
三つ四つの小さな白い花も
風にかくれ
大地を踏まずに帰っていった

天に昇る風も
地に降りる風も止んで
遠い空の
闇のなかで
裸の梢のすべてに力が入ったとき
黒い雪は天上を埋め尽くす
そして目的を絞り込んだ

若者たちのように
ぐんぐんと地上に降りてくる
虫になったり、花になったり
矢羽になったりして
わたしの肩に降り手のひらに降り
田んぼにも降り積む

風の花は
天上の黒い雪に
どんな言葉をかけたのだろうか
まもなく根雪です

種子

合掌するように
実った種子がわた毛をつけて
はじけ飛ぶ
舞上がった種子は
風まかせだ

小鳥の餌になったり
枯葉の下にもぐりこんだ種子は
春に芽吹き
やさしい葉脈を浮かせた葉を

根元ごと
野うさぎたちに提供する
運悪くコンクリートの屋根に
落ちてしまった種子は
ふたたび吹いてくる
風を待つしかない

開けた窓から入ってきた種子を
形が面白いからと
机の上に置いて見ていたが
晴れわたった秋の日に
さわやかな風に乗せ
あの地にもどそう
白いわた毛をつけた種子は
合掌しながら飛んで行く

小さないのちが
何億光年のかなたで
星が死に
星が生まれる
その摂理のなかへ
風にゆられて飛んで行く

秋草

浅い霜が　二度　三度と降って
萎えはじめた草々は
遅い蕾を抱いたまま
地熱の残る褥に横たわる

野分が渡り
眠りそこねた葦やらが
川底から
ビュン　ビュン　叫んでも
葉脈はべっとりと露をすって

祖父伝来のこの丘を動きはしない

霜だらけの根が
飛び込んできた黒い実を
秘奥に抱いて
合掌する

やがて雪

抱かれた種子は
この地からの眼ざめを
疑うこともなく
色も
香りも
ひっそりと消して

地の底に黙って眠る

深い雪のなかで
種子は夢を見る
はるかな過去の自分でない自分が
何かを準備するのを

白い雪の下

この寒さと
この嵐に洗われた種子は
傷を受けない筈はなく
風に乗って飛び立った頃の
色も形も失い
ぼろぼろと切り裂かれ
涙と擦り傷から浸みでた血を被り
わずかな土の下に
横たわって泣いている
ぐしゃぐしゃに

べとべとになって

その上に
雪は降り積む
しんしんと降り積む白い雪の
不思議な暖かさのなか
種子はしばし痛みを忘れて
眠りにつく

大地がささやく
根を張れ
ここに根を張れ
ここは大地ぞ
やがてここに陽は射すぞと

雪が水滴となって
土を潤す
種子はその澄んだ音を聞く
ときおりまだ吹雪に
その音は消されもするが
雪の下の
泣きながら寝入った種子の
傷は癒されてゆく

冬の夜に

白い月は高く
小さくまたたく星も　また高くあって
暗い地上をほのかに照らす
彼らの目線は
遠く
この夜に
来るであろう寒気を予測し
黙している

凍てつき始めた雪原の

根元にのこぎり虫の半分入った
古木は
わずかに残った
小枝のつぼみを
今夜の寒気から守ろうと
身を絞って光らせている

すぐに春が来るとは思わないが
古木の経験則から
春の来ない年はない
放射能に閉じ込められ
仮設暮らしに疲れ果てていても
花を連れて
春は来る

天上からしんしんと
降りてくる寒気を
いまはこの身に受けて
まっすぐに立っていよう
花芽も幼い葉の芽も
この冷気に育まれるのだから

冬の夜に
樹という樹は、それぞれに
みんなすっくと
立っているではないか

Ⅲ

待つ

山には野鳥の死骸がごろごろ転がっているという風評。五月には、いつものように燕が来てくれて、いつものように巣作りをし、卵を産んだ。雛は孵化するとすぐに死んだ。我が家の燕も隣家の燕も、四軒もの家の燕の雛が死んだと語る女の人。野鳥の会は、野鳥の種類も数も減ってしまっていると紙上に発表する。

野鳥のほとんどが姿を消したという
二〇一一年の三月の
この映像はどこにも送られなかった

ただ、逃げろ　という短い言葉に
促された人々は
数時間の避難と思い
この地を離れた
揺れが収まり、短い言葉を
聞きもらした老夫婦は
ここに残った

あれから　何日が過ぎたのだろうか
残った樹々は青葉となって
いつものところにあるが
働く者のいない田畑は広いばかり
茫漠《ぼうばく》とした荒野に川は流れ、風が吹いている
見えるのは防護服とマスクの自衛隊員が
重装備の車両と共にやってきたが

それを追うメディアの姿はない
ほかの被災地にいるボランティアの姿も
ここにはなかった

いつからか
飛ぶ鳥のいない黙した空を
眼の奥に宿して
庭に面した明るい部屋の
床《とこ》の間を背にして
ふたりが
座すようになったのは

　昨夕
主を捜《さが》して彷徨ったであろう
首輪の大きい犬が

差し出した一椀の水を飲んで
息を引きとったという

大地に

彩やかな色に
染め上げられる頃を
見計らうように
風雨は大声をあげてやってきた

大木の葉の大半は
その時
別れの挨拶の間もなく
離れていった
大きな木の同じ枝で

一緒に過ごしてきたのに
遠くに散り散りに
飛ばされて行った

飛んでいったその先で
葉たちは
折り重なり
輝きながら地に伏している
暴風雨の去ったあと
枝に残った葉は
それが自らの意志だったのかは
知るすべもないが
静かに陽を浴びている

いずれ、落ちてゆくときを

無口のままで待っている
急ぐでもなく
強いて枝に留まろうとするのでもなく
葉はただ、そのときを
それぞれに待っている

やがて独りになりながら
葉はまっすぐに落ちてゆく
地と出合ったその場所で
重なったり
離れたりしながら
目立つことのない
枯葉色に変わってゆく
そのころからか
土になりつつある葉は

抱え込んだ
実や虫たちを
分けへだてなく温め
育てはじめたのは

大地となって

白い花

肥沃なのがいいのか
痩せているのがいいのか
やけくそに蒔かれた
休耕田の蕎麦の花が
細い茎に白い花を戴いている
今がその時なのか
こんなに遅い秋なのに
花弁は精いっぱいに開いている

男は

ついでのときに一瞥して
それっきり足を運ぶこともなかった
女も言葉を発すれば
恨み　辛みになるのが嫌だと
白い花を愛でることはなかった

それでも
先祖伝来のこの大地は
白い花を育んでいる
適度の水分を根に送り
適度の陽射しを葉に注ぎ
満面に咲く花をやさしく抱いている

風に吹かれて
共に育つ雑草たちと

もたれかかったり
逃げたりして
白い花は
ただ
ただ
そこに咲いている

小さな魚

この魚の親は
高速道のみやげ物店で
小さな瓶の中に閉じ込められて
売られていたという
生き物好きの孫が
大事に抱えてきて
水槽に放した

それから
数年、小さな魚は

この水槽のなかで生死を繰り返した
兄弟か、従兄弟が
見分けはつかないけれど
同じ体形と顔つきは
種を継いでいることを物語っている

狭い水槽のなかで
大方の魚は
水草の繁みのなかにいるが
ひとり繁みを出て泳いでいるものがいる
何かわけがあるのだろうか

群れを離れて
ときどき、水流に抵抗しながら
ときには水流に身を任すように

泳いでいる
傷ついているのか
ならば癒せ
静かに眠りたいのか
ならば眠れ
疲れているのか
ならば休め
ここが棲みかぞ
ここがふるさとぞ
水温二十度、巡回し濾過した
きれいな水を約束しよう
小さな魚よ
おまえの祖先の住んだ川を
わたしは知らない

残照

きみは
そこに種子を置いたか

白い陽を受けて
川面がキラキラと輝いて流れる
大きな川の傍で
潔よくひざまづき
頭はすでに黒ずんで土の中
夏に
特別に大きな花を咲かせるのでもなく

花ばなと背をならべて
蝶を招いていたきみよ

少年は
この夏
巣から落ちた子雀を
手に抱いて
色褪せ、固く冷たくなってゆくのを
二度もみた
その度に
庭の隅の土を掘り
祖母の使っていた　漬物用の石のなかから
かたちの良いものを選んで置いた

長い茎を折って

黙して横たわる　きみの
色のなくなった花殻の上に
今
少しの土を施して
河原の小石を置こう
大川の水が
きみを連れて海へ行ってしまっても
ここが
きみの青山ときめて

四歳の誕生日

玩具の動く車を
持っているだけ全部を
たたみの縁にそって並べて
幼い子は
ハッピィバースデイを歌っています

大震災の年の二月に生まれた
この子はもう四歳になりました
あのとき、ガソリンが手に入ったら
産後の母親とともに

生まれたばかりのこの子を
遠くへ逃がしてあげなくてはと
家族は相談していました

換気扇を止め
窓を閉め
洗濯物も屋外には出さず
ひっそりと動かないでいました
雪解けの水が音をたてて流れ
いぬふぐりの青い花は
この春も咲いているというのに
まるで犯人でもあるかのように
家族は隠れるように暮らしていました

福島原発の大きな事故のニュースは

わたしたちは報道によって知りました
目にも見えず臭いもしない
毒物が空中に流れ出たことも知りました
「すぐに影響はない」
いや「恐ろしいものだ」と
入れ換わり、立ち替わり
専門家や政治家や知識人が
テレビでいいました

そのどれを信じればいいのか
四年が過ぎた現在でも
まだその問題は宙に浮いています
神の力ともいうべき
原子力を人間が
自分たちの利便と利益に使って

いいものなのでしょうか
最初の疑問にまた
戻ってしまいます

幼な子は
両親から贈られた
救急車やさまざまな車の玩具を
並べて
その真ん中で
仏のようなふっくらとした手を合わせ
ハッピィバースデイを
繰り返し歌っています

今　二〇一七年十月

大きい孫は　二十一歳です
震災の年に生まれた
小さな孫は　六歳
紙いっぱいに　魚を描くのが好きな
小学校の一年生です

これから十年が過ぎると
大きい孫は　三十一歳
小さな孫は　十六歳です
十八歳で　選挙権を与えられた

少年達は　二十八歳です

先日
この町にも　Jアラートなる音が
鳴り渡りました
熊が出没しているよ　と
注意を呼びかける放送ではありませんでした
あの戦争で
比島《フィリピン》に於いて戦死したとされる父は
三十三歳でした
そのとき　私は
六歳です

再び
若者の生涯を

閉ざすようなことがあってはなりません
政治も経済も文化も
世界平和を軸芯として動くことを願います

夫々の地で
分を守り
ささやかに生き来る人々の頭上に
願いの言霊が
飛び輝き
おだやかな空が
かぎりなく広がる未来を
描き切れますように

ＩＣＵ室で

二月七日
大動脈弁と三尖弁の手術を受けた
腕がいいと
評価の高いＭ医師の執刀である
「おかあさん
手術は終わりましたよ」と
その医師につげられた記憶

明るい照明と白い壁面
白い服の看護師が独特の歩調で
いったり来たりする

音楽もセリフもないが
テレビでみた物語の
宇宙船を思わせるＩＣＵ室
その静まりかえった部屋に
ひとりぽつねんと置かれた記憶

突然
にぎやかで明るい話し声や
笑い合う声
迎えにくるというのは
こんな風にしてくるのだろうか
眠っているのか
起きているのか
身内の者から
声をかけられたような記憶

「ありがとう」と言ったつもりだが
声にはならなかったらしい

朦朧とした時間が
どのくらい続いたのだろうか
リハビリ担当のSさんが
「食事を」
「歩く練習を」と迫る
「できるはずがない」と
断る言葉を発したとき
「その場で立つだけなら」と再び促す
言葉が行ったり来たりしている
立ち上がらねば
身体のどこかに力を込めたような
そんな記憶が残っている

客人

今日は燃えるゴミの日
老人は二週間分のゴミを
台車に乗せて
ゴミ集積所に
運んできたのです

来るかもしれない客人を
待っていたのですが
いつくるのかも解らないので
とりあえず、玄関先だけでも

整えておこうと
少しばかりのゴミを運んできたのです

客人は
豊満な女性かもしれないし
髭を生やしながら微笑んでいる
かっぷくのいいおじさんかもしれない
痩せて、武器を携えた男はいやだな

何時だったか
誰からか客人のくることを
耳打ちされたような気がしているのだけれど
先に逝った友人からか
幼児のときに母から聞かされたのか
いや、この世に生を受けたときに聞いたのだろうか

「迎えには　必ずゆく
だから　出発せよ」と
いわれたような

客人は必ず来るらしい
わけへだてなく　誰にでも
老人は
ゴミの台車をゆっくりと廻し
家に戻ります

再生

坂道を
均等に切断された
杉の丸太を積んで
トラックがゆるゆると下ってゆく

芽吹いて
ようやく　緑の色に染められた
山の斜面の一角
陽射しの明るい場所に
杉の小枝がうずたかく積まれている

その下には、まだ、雪が残っているだろう

ときおり、風が吹く
風は尾根から下りてきて
樹々をゆらす
林道沿いの灌木は
腰を折って
降りて行くトラックに積まれた
杉たちに別れの手を振る

山頂の松やブナの大木も
見送りの拍手のように
枝を鳴らしている

杉よ

ふたたび生きよ
平地のなかで形を変えても
新しい使命に
ふたたび生きよ

解説　ふるさとを支える「影」の存在と語り合う人

――長嶺キミ詩集『静かな春』に寄せて

鈴木比佐雄

長嶺キミ氏は、福島県会津美里町に生まれ育ち、東京の美大を卒業し故郷に戻り、長年美術の教員をしながら、二科展などに大作を発表してきた画家であり、同時に地元の詩誌「詩脈」の同人として詩を書き続けてきた。同人の前田新氏の紹介でご自宅のアトリエで拝見させて頂いた大作の絵画には、天空と大地と水をテーマとしていて、大胆な構図に世界の本質が迫ってくるようだった。太陽の炎のエネルギー、温かみのある土色の大地、命の根源の水の湧き出す流れなどを予感させる作品の世界であるが、なぜか大地の香りや色彩や膨らみが伝わってきて、会津の体温が世界に広がっていくような抽象画であった。

余談だが長嶺氏の自宅に向かうために中通りの郡山駅でレンタカーを借りて車を走らせて会津に向かったのだが、高速道路の右手に聳える安達太良山や会津磐梯山などを眺めながら進んでいくと、郡山は晴れていたが会津に近づくと三月下旬だが小雪が舞ってきて、会津は新潟を越えて北風が雪を降らす寒いところだと感じた。会津に暮らす歌人本田一弘氏の歌集『あらがね』の中の「磐梯山を宝の山と呼ぶならば磐梯山に降る雪も宝ぞ」が想起されてきた。

ところで長嶺氏の詩篇の特徴は、一読すると会津の多彩な自然、その暮らしの事物、家族や愛犬との関わり、そして愛する死者たちへの鎮魂、それらの故郷を見詰めて詩の中に宿らそうとすることが大きなテーマとなっているようだ。故郷は遠くから詠うものではなく、故郷を内側から呟くような声で讃えて、静かに詠い上げているような気がする。

本詩集『静かな春』はⅢ章に分かれ四十二篇が収録されている。Ⅰ章十五篇は、戦死した父、三人の子を守り育てた母、良き理解者であった夫、家族だった愛犬、そのような家族との暮らしを想起しながら故郷で共に生きて来た、掛け替えのない時間を淡々と伝えてくれている。冒頭の詩「ふるさと」を引用してみる。


その／玄関に立つと／格子戸のガラスのむこうに／影が映る／／山があり水

がある／広がる田園と赤い彼岸花と／だれもが見てきた／この地の／ふるさとの中に立つ影が映る／／父は第二次世界大戦のとき／比島《フィリピン》で戦死したとされている／遺骨はない／小さな木の御位牌を埋めて墓とした／享年三十三／／母は／それから三人の子を育て／苦労などは言葉にしないで／不都合は全て時代や／年齢のせいだと括り／九十七歳の夕刻には／旅立った

「ふるさと」の前半部分を読めば、長嶺氏の子供の頃からの父と母への関係とその想いが理解できる。父は比島で戦死したが、子ども心にいつも父の存在が「影」となって立ち現れてくる。父の魂は戻ってきていつも「影」となって「ふるさと」の風景の中で佇んでいるかのようだ。長嶺氏は父のいない子としてどんなにか淋しかったであろう。しかし「母は／それから三人の子を育て／苦労などは言葉にしないで」生きて九十七歳の天寿を全うした。そんな父親の代わりもして三人の子どもを育て上げた母の強い生き方を、長嶺氏は誇りに思っていることが詩行から感じられる。長嶺氏を紹介して下さった前田新氏も父を戦争で亡くしてその悲しみを共有している詩友なのであり、会津だけでも数多くの父が戦争によって帰らぬ人となり、残された母と子がどんなに大変な日々を送ったのか、想像を越える困難さだったろう。長嶺氏の母のような存在が戦後の社会を根底で支えてきたことを伝えてくれている。後半部分を引用してみる。

夫は／「描く時間を　なくしてしまってわるいな」と／通院の為の運転手を務める私に／助手席でつぶやく／そして入院／「くたびれるから　明日は来なくていいよ」と／退室する背中にむかって声がかかる／どっちが病人かわからない言葉を残して／翌日の明け方に逝ってしまった／／遺影の中にみる／ふるさと／／ふるさとは／そこに在る

夫の「描く時間を　なくしてしまってわるいな」という言葉は、自分の病気がかなり深刻で生死を彷徨っているにもかかわらず、妻の創作活動に配慮した限りない優しさに満ちている。長嶺氏と同じ教師であった夫は、きっと妻の絵画の理解者でもありその創作物も愛していたことが想像できる。夫は生前に詩集を出版した方がいいと勧めていたと長嶺氏からお聞きした。つまり本詩集が誕生するきっかけは、夫が長嶺氏の詩を評価して世に出すべきだと考えたことが発端だった。私はこの言葉に会津の地で生きた男の妻への深い愛情を感じ取る。長嶺氏は最後の二連目に「遺影の中にみる／ふるさと」と、父や母や夫が会津の大地に立ち還り、その遺影そのものが「ふるさと」なのだと自然に感じて、「ふるさとは／そこに在る」と嚙み締めている。長嶺氏の詩を語る際に、この自伝的であり家族史的な詩「ふるさと」は良き手引きとなるだろう。

二番目の詩「男」では、《ひとむかし前までは／日本にも／あんな男がいた／／骨は太いけれど／痩身で／耳目の澄んだ／父の姿で／きちんと立って動かない／／息子や娘たちが／自分の仕事の躓きや／暮らし向きに／右往左往したり／議論をしたり／一歩ふみだせないでいるときでも／「早くせよ」と／子供らの後に廻って囁いたり》などという、家父長的な父ではなく、失敗しながらも自分の頭で考えることを辛抱強く待ち、人間的な成長を促す民主主義的な父が「数限りなく／いたことがあった」と語っていて、会津の人びとの美風を物語っている。

三番目の詩「慈母観音」では、《八十四年の間「いつもよくやった」と／しっかりと抱きしめてくださる／／小学生の孫が／仕事から帰宅した母に抱きしめられ／甘えるように／あなたも／慈母の胎にもどって／甘えたらいい／裸になって／赤子のように／／線香の／やわらかい煙のゆきつくところで／／亡夫・敏　令和元年九月二十七日　永眠》というように、夫の生涯を「いつもよくやった」と褒めたたえて慰労し、これからは赤子のように母の胸に抱かれることを心から願っている。このような詩が本来的な鎮魂詩なのだと頷く思いがする。

四番目の詩「また会えるよ」では、《太陽が／炎のすべてを内に秘めたその姿を／大きな赤い円に描いて／刻々と落ちてゆく／／いまは黙しているけれど／いまは西に沈むけれど／／また会えるよ／きっとまた会えるよ　と／それは風だったり／それは水だったり／大地だったり／だれかの耳や手や背中だったりしてね》というように、母の死を壮麗な落日のように感じ、また「きっと会えるよ」と、自然の存在に生まれ変わった母への再会を希望のように夢見るのだ。

Ⅰ章はその他に母への鎮魂詩三篇と、愛犬メイとの暮らしやメイへの鎮魂詩六篇、暮らしの中の事物や鴉の生態などの二篇が記されている。

Ⅱ章十七篇は、長嶺氏が雪空の月から春を予感し夏秋を経て再び冬まで続く会津の自然観を表現した詩篇群だ。冒頭のタイトルにもなった詩「静かな春」では、《月は雪空のなかの／小さな窓／窓の向こうは見えないが／カーテンのような／雪雲が消え／暖かく澄んだ空に会えるかもしれない／月よ／わたしの空の白い月よ／ときには窓を開けて風を入れよう／冷たく縮み込んだ記憶を棄てて／移ろう季節に／その身を任せてみよう／静かな春が／きっと／来るから》というように、雪空の月を春に向かう小窓として感じ取り、「静かな春」を待ち焦がれている。この詩を読めば長嶺さんのしなやかな向日性が感じ取れ、会津の雪を宝と感ずる本田一弘氏と共通する会津の人びとの感受性が了解できる。

Ⅲ章十篇は3・11以降の放射能被害や現在の長嶺氏の家族を含めた暮らしを記している。

冒頭の詩「待つ」は、《山には野鳥の死骸がごろごろ転がっているという風評。五月には、いつものように燕が来てくれて、いつものように巣作りをし、卵を産んだ。雛は孵化するとすぐに死んだ。我が家の燕も隣家の燕も、四軒もの家の燕の雛が死んだと語る女の人。野鳥の会は、野鳥の種類も数も減ってしまっていると紙上に発表する。／／野鳥のほとんどが姿を消したという／二〇一一年の三月の／この映像はどこにも送られなかった》というように、東電福島第一原発から約百㎞離れている会津であっても放射性物質は降り注いだらしく、その被害の一端を伝えてくれている。最後に詩「今　二〇一七年十月」を引用したい。この詩の中に長嶺氏が戦死した父のような存在を二度と生み出してはならないという思いが込められていて、孫の世代など後世の平和を願う精神が刻まれている。このような戦死した父という「影」の存在と深い対話を続けている詩集『静かな春』を多くの人びとに読んで欲しいと願っている。

大きい孫は　二十一歳です／震災の年に生まれた／小さな孫は　六歳／紙いっぱいに　魚を描くのが好きな／小学校の一年生です／（略）／再び／若者の生涯を／閉ざすようなことがあってはなりません／政治も経済も文化も／世界平和を軸芯として動くことを願います／／夫々の地で／分を守り／ささやかに生き来る人々の頭上に／願いの言霊が／飛び輝き／おだやかな空が／かぎりなく広がる未来を／描き切れますように

あとがき

詩集を編むことを勧めてくださった前田新氏のことばに励まされ、今までの作品を読みかえすことになったのは五、六年も前のことになります。読みかえす毎に、悩んだり反省したりで本にする詩としてまとめることが出来ずにおりましたが、再度、前田氏のご指導を得て、漸くと思ったときに夫の病と死に至り、亡き姿ばかりを追って時間が経ってしまいました。

三回忌までには作ったらとすすめる子供達の言葉や、生前に亡夫が詩集発行に静かにうなずき賛意を示してくれていたこともあってこの本ができることになりました。亡夫はできあがった作品について意見や感想を言うようなことはありませんでしたが、書けないでいたりすると「時間を制作にむけたら」「描いたら」とさりげない言葉で先に進むよう促してくれていました。だから作品があり、今の私があるのだろうと思っています。

私が詩らしき文を書くようになったのは、中学生時代に蛯原由起夫先生にお会いしたことによります。当時、先生が主宰されていた「詩のなかま」に作品を載せて頂いた事を機会に、その後も先生からの宿題を果たす中学生の気持ちで先生について行きましたら、詩作の喜びが分かるようになりました。

子育てと仕事で時間にも気持ちにも余裕がなくなった時期に「少し休め」との言葉を頂いたことや、詩作にも縁がきれてしまったと思う程の年月を休んだ後の、平成二年退職した時「高田文学」の表紙やカット作りを手伝うよう促され、さらに「詩脈に戻ってこい」との言葉を頂いて詩作や絵画制作に戻ることができました。

詩集『静かな春』は、退職後に書きだして「詩脈」や「高田文学」に発表した作品の中から前田氏の力をお借りして選びだし手を加えたものです。文学者としても生活者としても尊敬申しあげている前田氏に先輩だからと甘えて最初から本になる迄多くのことをご教導頂きました。又「詩脈」、高田文学の母体である「美里ペンクラブ」の皆様にも詩友とし、仲間として遇して頂いていたことで書き続けられたとありがたく思っております。

蛯原由起夫先生、前田新氏はじめ多くの方々そして亡夫や家族の心遣いを頂いてこの詩集が出来ました。

ありがとうございました。心より、深く感謝申し上げます。

末筆になってしまいましたが、コールサック社の鈴木比佐雄氏には会津までご来訪下さり、編集の他に解説文まで執筆していただきました。厚く御礼申し上げます。

二〇二一年　五月

長嶺　キミ

著者略歴

長嶺キミ（ながみね　きみ）

1939年4月6日　福島県大沼郡会津美里町に生まれる
1960年3月　武蔵野美術学校卒業
福島県教職員となる
1990年3月　教職を退職
詩作と洋画制作に専念する

地元の詩誌「詩脈」、文芸誌「高田文学」を発表の場として活動
二科展などに作品を出品している

現住所　〒969-6262　福島県大沼郡会津美里町字鹿島3111-4

石炭袋

詩集　静かな春

2021年6月28日初版発行
著者　長嶺キミ
編集・発行者　鈴木比佐雄

発行所　株式会社 コールサック社
〒173-0004　東京都板橋区板橋 2-63-4-209
電話 03-5944-3258　FAX 03-5944-3238
suzuki@coal-sack.com　http://www.coal-sack.com
郵便振替　00180-4-741802
印刷管理　（株）コールサック社　製作部

装画：「雨水の頃」長嶺キミ　作品撮影：長嶺淳　装幀：松本菜央

落丁本・乱丁本はお取り替えいたします。
ISBN978-4-86435-485-1　C0092　￥1500E